Für Florian

Uli Hoffmann

Feuerhöhe

Erzählungen

© 2020 Uli Hoffmann

Verlag und Druck: tredition GmbH, Hamburg

Umschlagfoto: Adobe Stock

ISBN

978-3-347-07312-8 (Paperback)
978-3-347-07313-5 (Hardcover)
978-3-347-07314-2 (e-Book)

Inhalt

Leuchttürme

D er *Hurdalssjøen* lag rechts unter ihnen. Der Pilot hatte bereits per Leuchtzeichen den Passagieren in der Kabine signalisiert, die Sicherheitsgurte anzulegen. Seit einiger Zeit befanden sie sich im Anflug auf Gardermoen, aber erst als sie die Wolkendecke durchstoßen hatten, beschäftigte sich Andreas Kirchner mit der Landschaft nördlich der norwegischen Hauptstadt. Für ihn als Geographen war dieser Teil des Fluges stets der interessantere, wenn ihm das Zielgebiet gleichsam eine andere Landkarte in seinem Kopf erzeugte. Er versuchte, sich vorzustellen, welche Wegpunkte das Flugzeug noch passieren würde, bevor der Kapitän den finalen Anflug auf den Airport einleiten würde.

Diesen Flug hatte Andreas bereits mehrere Male bestritten, meist aus beruflichen Gründen, dreimal auch im Rahmen einer Urlaubsreise. Für diesen Zweck benutzte er jedoch in den letzten Jahren die Fähre ab Kiel. Er liebte die Reise mit dem Schiff und die Color-Line bot ja auch eher eine kleine Kreuzfahrt als eine pure Fährpassage. Andreas liebte es vor allem, durch den knapp 120 km langen Oslofjord anzureisen, morgens beim Frühstück die Küstenlinie mit den kleinen Häusern an sich vorüberziehen zu lassen. Norwegen war seit langem sowieso sein bevorzugtes Reiseland.

Der *Flytoget*, der den Flughafen mit der Hauptstadt verbindet, würde ihn in einer Fahrt von etwa 20 Minuten zur *Sentralstasjon* bringen.

Andreas sah einige Flughafengebäude und die Maschine würde jeden Moment auf der Landebahn 19 L aufsetzen.

Nach einem leichten Ruck rollte der Airbus aus und bog danach nach links in Richtung seiner Parkposition ab.

Die Flugbegleiterinnen verabschiedeten mit einem freundlichen Lächeln die aussteigenden Passagiere. Andreas folgte dem Strom der Menschen und nahm einen Platz am Gepäckband ein. Er hatte nur auf einen kleinen Koffer zu warten, da er nicht mehr als zwei Tage in Oslo zu bleiben gedachte. Nach dem Grund seiner Reise befragt, hätte er wahrscheinlich geantwortet: „Ein eher privates Treffen."

Dieses ging auf eine Einladung zurück, die sein Studienkollege Dr. Björn Thomsen vor etwa einem halben Jahr ausgesprochen hatte. Per Mail hatte er seinen ehemaligen Kommilitonen und Kommilitoninnen mitgeteilt, er würde sich freuen, wenn sich alle bei ihm in Oslo zusammenfinden könnten, um nach über dreißig Jahren nach Studienabschluss über gemeinsame Zeiten zu plaudern. Damit gemeint war das Studium am Geographischen Institut der Christian-Albrechts-Universität zu Kiel.

Es hatte zwei oder drei Treffen seit dem Abschluss gegeben, Kontakte zu den Mitstreitern gab es kaum, sodass Björn anregte, man sollte es zumindest noch einmal versuchen.

Björn lebte seit mehreren Jahren in der norwegischen Hauptstadt und hatte, wie Andreas gehört hatte, einen bemerkenswerten Job in der Chefetage eines Ölkonzerns. In seiner Mail hatte gestanden: „Um eure Unterkunft braucht ihr euch nicht zu kümmern. Das Hotel geht auf mich. Ihr müsst nur zusagen."

Andreas wusste sehr wohl um das Einkommensniveau in Norwegen, aber Björn Thomsen musste es wohl ganz dicke haben, denn das gebuchte Hotel war kein geringeres als das „Grand Hotel" in der Karl Johans Gate.

So hatte Andreas nur den Flug ab Hamburg buchen müssen, wobei er sich natürlich auf die erneute Reise nach Oslo freute.

Mit ihm freuten sich ein gutes Dutzend weitere ehemalige Geographen aus Kieler Zeit.

Nachdem Andreas Kirchner seinen Koffer in Empfang genommen hatte, begab er sich zur Ankunftshalle und hielt Ausschau nach einer Rolltreppe, die zum Flughafenbahnhof führte. Er fand den Wegweiser zum *Flytoget*, der ihn ins Zentrum der Hauptstadt bringen würde. Er ging über den Bahnsteig und suchte sich einen

Wagen des silberglänzenden Expresszuges und nahm einen Fensterplatz ein. Nach zehn Minuten setzte sich der *Flytoget* nach Drammen in Bewegung. Andreas ließ die ebene Tallandschaft des Flusses *Leira* in der Provinz *Akershus* an sich vorüberziehen.

Er schaute sich auf seinem Tablet die Mails von Björn nochmals an. Nach dem Einchecken im Grand Hotel würden ihm noch ein paar Stunden bleiben, bis er sich zum vereinbarten Treffpunkt aufmachen müsste. Er beschloss, noch einen kurzen Bummel durch die *Karl Johans Gate* zu unternehmen und sich anschließend bei *Ferner Jacobsen* in der *Stortingsgata* ein wenig neu einkleiden zu lassen. Zumindest für den heutigen Abend brauchte er noch ein Jackett mit passender Hose, dem Anlass entsprechend. Wenn Björn Thomsen schon die Einladung zum

Treffen mit einem Hotelzimmer im Grand Hotel veredelt hatte, glaubte Andreas schon, mit einem ordentlichen Outfit auftreten zu müssen. Darüber hinaus gehörte ein Besuch bei *Ferner Jacobsen* fast immer zu seinem Programm, wenn er in Oslo weilte. Das altehrwürdige Bekleidungsgeschäft verströmte stets die Aura von Gediegenheit und Klasse und war eine Institution in Oslo.

Der *Flytoget* erreichte *Lillestrøm*. Andreas beschloss, erst am Bahnhof *Nationaltheatret* auszusteigen. So hätte er es näher bis zum Grand Hotel.

Hauptbahnhof. Hier stieg das Gros der Fahrgäste aus. Andreas erhob sich ebenfalls und holte den Koffer aus der Gepäckablage. Mit langsamer Fahrt rollte der Zug kurze Zeit später in den unterirdischen Bahnhof *Nationaltheatret* ein.

Andreas reihte sich ein in den Strom der zum Ausgang eilenden Fahrgäste und gelangte schließlich in den Park *Studenterlunden*. Bei diesem Namen dachte er an den Anlass des heutigen Treffens der Ehemaligen.

An der Statue der norwegischen Volksschauspielerin *Wenche Foss* vorbei erreichte er das Terrain, wo in den Wintermonaten die *Spikersuppa*-Eislaufbahn in Betrieb ist.

Andreas genoss nach der Anreise diesen Spaziergang im Park, während er schräg gegenüber vom Parlament, dem *Stortinget*, bereits das Grand Hotel ausmachte.

In der Eingangshalle wurde er von einem jungen Angestellten an der Rezeption freundlich und zuvorkommend begrüßt und erhielt seine Zimmerkarte ausgehändigt. Das Angebot, seinen Koffer auf sein Zimmer bringen zu lassen, lehnte Andreas dankend ab. Es war ihm schon fast ein wenig peinlich, welch edles Ambiente sein ehemaliger Kommilitone Björn sich für ihn hatte einfallen lassen. Andreas hielt Ausschau nach bekannten Gesichtern, da er davon ausging, dass die Kieler Alumni allesamt hier untergebracht waren.

Er machte sich kurz etwas frisch und verließ alsbald wieder sein Zimmer, um zu Ferner Jacobsen zu gehen.

Er querte nochmals den Park und betrat das renommierte Bekleidungshaus. Er wurde begrüßt wie ein Stammgast, obwohl er nicht davon ausging, dass sich hier jemand an ihn erinnerte. Er fand eine anthrazitfarbene Hose und ein dazu passendes blaues Jackett. Die Hose musste ein wenig gekürzt werden, diese Arbeit werde seitens der hauseigenen Schneiderei umgehend erledigt, sodass der abendlichen Premiere nichts entgegenstehen würde. Andreas bezahlte und bekam versichert, ein Bote werde alles innerhalb der nächsten zwei Stunden ins Grand Hotel überbringen.

Zufrieden mit seinem Kauf und dem überaus vielversprechenden Start in Oslo beschloss Andreas, seinen Spaziergang in Richtung Radhuskaja fortzusetzen und eine Kleinigkeit zu essen. In Erwartung eines opulenten Abendbuffets im von Björn ausgewählten Restaurant bestellte er sich jetzt nur eine

Kleinigkeit in einem der Restaurants in Aker Brygge. Von seinem Platz hatte er einen wundervollen Blick auf das Treiben in diesem ihn jedes Mal faszinierenden Viertel. Während er auf sein Essen wartete, schickte er Karin eine erneute SMS. Zu Hause in Kiel würde sie jetzt wahrscheinlich die Nachmittagssonne auf der Terrasse genießen und sich dem neuen Buch widmen, das er ihr kurz vor seiner Abreise geschenkt hatte. Es handelte von einem Paar, das zu Beginn seines Ruhestandes zu einer Weltreise auf einem Segelschiff aufbricht. Mit seiner Frau hatte Andreas noch nicht über konkrete Pläne gesprochen, was sie beide mit dieser Lebensphase anzufangen gedachten. Gereist waren sie immer viel, zuletzt bevorzugt auf Kreuzfahrtschiffen. Andreas dachte schmunzelnd an die Anfänge, als sie budgetbedingt in erster Linie mit Zelt oder Campingbus unterwegs gewesen waren. Das Kennenlernen bislang noch unbekannter Landschaften und Städte würde gewiss auch im Rentenalter einen großen Stellenwert behalten. Schließlich war ihrer beide Interesse an der Geographie nicht nur seinem Beruf als Oberstudienrat für Geographie und Politik an einem Hamburger Gymnasium geschuldet.

Seine Frau hatte ihn eindringlich gefragt, ob er wirklich zu diesem Treffen in Oslo fahren wolle. Einschlägige Erfahrungen mit Klassen- oder Jubiläumstreffen hatte eine gewisse Skepsis bei ihnen zurückgelassen; bei der Feier des vierzigjährigen Abiturs hatten sie festgestellt, dass man im Grunde nur mit Wenigen Interessantes zu bereden hatte. Dazu liefen diese Zusammenkünfte eigentlich meist nach dem gleichen Muster ab: Die Wortführer von damals waren auch die von heute und versuchten, mit ihren Karrieren die anderen zu beeindrucken nach dem Motto „Mein Haus, mein Auto, mein Boot". Aber Andreas hatte nach einigem Zögern Björn zugesagt.

„So können wir diesen Ölfuzzi endlich mal schädigen und überhaupt: Ich komme noch mal nach Oslo, du weißt, wie faszinierend ich die Stadt finde", hatte er zu Karin gesagt.

Andreas ging davon aus, dass Björn Hotel und Restaurant aus der Portokasse seines Konzerns bezahlen würde. Da es sich bei den Eingeladenen allesamt um Geographen handelte, dürfte er das Ganze auch als Arbeitsessen im Rahmen der Öffentlichkeitsarbeit deklarieren.

Andreas schaute noch einmal in der Einladungs-Mail nach den Einzelheiten. Anscheinend wollte Björn es spannend machen. Er hatte nur alle gebeten, pünktlich um 17:00 Uhr an *Honnørbryggen* zu sein, die er von seinem Platz aus fast sehen konnte. Der Steg lag zwischen den *Radhusbryggen,* wo zahlreiche Fähren und Ausflugsboote in den Oslofjord starteten.

„Ein Boot wird euch zum Restaurant bringen, das ich für uns gemietet habe", hatte es in dem Schreiben gelautet.

Vielleicht auf einer der zahlreichen Inseln im Fjord, dachte Andreas. Dort würde es sicher guten Fisch geben. So langsam freute er sich auf das Treffen.

Gerne wäre er hier bei einem weiteren Glas Wein sitzen geblieben, aber er bat bei der netten Kellnerin um seine Rechnung. Anschließend reihte er sich in den Strom der über Aker Brygge flanierenden Menschen ein und ging Richtung *Radhus*. Er nutzte die Gelegenheit für einen kurzen Gang hinein, wie er es immer zu tun pflegte, wenn er hier war. Immer wieder faszinierten ihn die Malereien an den Wänden sowie der Gedanke, dass hier alljährlich der Friedensnobelpreis in feierlichem Rahmen überreicht wird. Über die Stortingsgata und die Rosenkrantzgata gelangte er zu seinem Hotel. Eine junge Frau an der Rezeption empfing ihn mit einem Lächeln und der Mitteilung, für ihn sei vor kurzem ein Paket abgegeben worden. Andreas nahm die Lieferung von *Ferner Jacobsen* entgegen, bedankte sich und fuhr mit dem

Aufzug in seine Etage. Mit Blick auf seine Armbanduhr stellte er fest, dass ihm noch etwa eine halbe Stunde zum Ausruhen blieb. Er stellte die Weckfunktion seines Smartphones ein und legte sich aufs Bett.

Später duschte er und zog sich für das Treffen um. Jackett und Hose passten und saßen gut, die Schneiderei von *Ferner Jacobsen* hatte schnelle Arbeit geleistet. Er war mit seinem Outfit zufrieden und nahm zur Sicherheit den leichten Sommermantel mit.

Im Aufzug kam es zu einer ersten Begegnung mit einem Kollegen.

Er erkannte ihn nicht sofort, als er ihn jedoch grüßte und klar war, dass er ebenfalls aus Norddeutschland stammen musste, war sich Andreas sicher, dass Dirk Gaertner vor ihm stand. Dirk hatte ein Semester vor ihm in Kiel Examen gemacht und, soweit er sich erinnerte, ebenfalls Lehramt studiert.

„Dirk?", fragte Andreas. „Andreas Kirchner. Ich glaube, wir haben ein gemeinsames Ziel heute."

„Mensch Andreas. Lang ist's her! Grüß dich!"

„Lass mich raten: Exkursion Jugoslawien 1974!"

„Korrekt. War schon eine heiße Kiste, alle mit Zelten in der mediterranen Hitze!"

„Stimmt. War aber schon beeindruckend, die Reise durch das ehemalige Reich von Josip Broz Tito!"

„Und nach so langer Zeit trifft man sich wieder in Oslos Nobelhotel."

„Ja, der Björn hat sich unser Wiedersehen etwas kosten lassen."

„Trifft keinen Armen. Seine Firma hat's!"

Die beiden Alumni verließen das Hotel und bummelten ein wenig über die Karl Johans Gate, bevor sie nach links in Richtung Radhuskaja abbogen. Dieter erzählte, dass er sich mit Vorliebe der Siedlungsgeographie verschrieben hatte, jedoch sofort nach dem Examen das Lehramtsstudium aufgenommen hatte.

„Ja, der Beamtenstatus ist auch nicht das Schlechteste. Ich bin an einem Gymnasium in Hamburg tätig."

„Zuerst Potsdam, Sekundarschule. Industrie- und siedlungsgeographische Themen waren früher meine Favoriten. Und ich war immer gerne mit den Schülern draußen unterwegs.

Geographie heißt für mich immer noch *vor Ort sein*. Aber irgendwann musste ich raus aus der Tretmühle. Nun schreibe ich Bücher."

„Welcher Art?"

„Angefangen habe ich mit Reiseführern und Sachbüchern über Expeditionen. Aber zuletzt habe ich die Belletristik für mich entdeckt. Ich schreibe Erzählungen und Novellen. Alles mit geographischen Bezügen. Geschichten von Räumen und Menschen, gewissermaßen."

„Toll, da muss ich mir gleich mal die Titel notieren. Und du kannst davon leben, wenn ich fragen darf?"

„Leider nicht. Zusammen mit dem Gehalt meiner Frau kommen wir aber einigermaßen über die Runden."

Andreas zeigte auf die moderne Skyline im Hafengebiet. „Björn hat diese Stadt für unser Treffen perfekt ausgewählt. ‚Waterfront Developement' in attraktivster Form. Stadtentwicklung an den Schnittstellen von Fjord und Architektur."

Sie standen auf dem Radhusplassen und hielten nach dem vereinbarten Treffpunkt Ausschau. Gemeinsam blickten sie einer Fähre nach, die gerade zur Museumsinsel Bygdoy ablegte.

*

„D a vorn müsste es sein", sagte Andreas und zeigte auf den kürzeren der Stege. Dort schienen sich bereits weitere Geladene eingefunden zu haben. Als die beiden Pädagogen auf *Honnørbryggen* zuhielten, wandten sich die Gesichter der Wartenden ihnen zu. Mit fröhlichen „Hallos", ironischen Bemerkungen (*„You are looking younger than ever!"*) und freundschaftlichen Umarmungen begrüßte sich die Geographenschar.

„Eigentlich sollten wir Namensschilder tragen", rief Friederike Hombach, die bei einer Kreuzfahrtreederei für Tourismuskonzepte zuständig war.

„Jens Hellmann. Für den Fall, dass mich niemand erkannt hat", rief Jens in die Runde, der, wie sich später herausstellte, beim Umweltbundesamt arbeitete.

Vom Fjord näherte sich ein weißes Fährschiff, eher ein Ausflugsboot, das anschließend an

Honnørbryggen festmachte. Der Bootsführer rief ihnen vom Steuerstand zu:

„Velkommen! Komme in! Björn Thomsen is waiting for you."

Die Gästeschar betrat das Schiff und verteilte sich auf den Bänken im Inneren. Der leichte Nieselregen vom Vormittag hatte immer noch nicht aufgehört.

Man schaute sich an mit einer Mischung aus froher Erwartung und Verwunderung, wohin man denn hier geraten war.

„Björn Thomsen hatte ja schon immer Charisma. Und heute hat er es sogar geschafft, uns alle aus unserer vorruhestandsorientierten Lethargie heraus nach Oslo zu holen", sagte Constanze Brucker, ebenfalls Lehrerin.

„Von wegen Vorruhestand, Constanze. Ich habe vor, noch ein paar Jährchen zu machen, entgegnete Gerhard Weinmann, der als Umweltgeograph zu Greenpeace gefunden hatte.

„Geographie hält halt jung!", sagte Thorsten Jentsch, spezialisiert auf Geodäsie und Geoinformationssysteme, hatte sich als Softwareentwickler selbstständig gemacht. Mit ihm wollte sich Andreas heute Abend über Einsatzmöglichkeiten für den Unterricht unterhalten.

Das Boot legte ab und fuhr auf den Fjord hinaus. Vorbei am Astrup Fearnley Museum, der modernen Bebauung im Stadtteil Tjuvholmen und am markanten Spitzdach des Fram-Museums auf der Insel Bygdoy nahm der

Bootsführer Kurs auf ein kleines Gebäude, das Andreas bei der Einfahrt mit der Fähre aus Kiel schon oft bewundert hatte. Es stand als Seezeichen auf einem *Holm*, einer kleinen Insel, einer Schäre, die, von der Eiszeit überformt, nur einige Meter aus dem Fjord ragt. Seit 1874 hatte der Leuchtturm den Schiffen die sichere Fahrt in den Osloer Hafen gewiesen. Andreas grübelte, was Björn sich dabei gedacht haben mochte, als er diesen Ort für ihr Ehemaligentreffen ausgesucht hatte.

Das Boot verlangsamte seine Fahrt und hielt auf den kleinen Anleger zu. Von dort oben winkte ihnen ein Mann zu.

„Da ist Björn!", riefen einige von ihnen, als das Boot den *Holm* erreicht hatte.

Als die Leinen verzurrt waren, half Björn jedem seiner Gäste beim Aussteigen.

„Willkommen auf *Dyna Fyr*!"

„Mensch, Björn! Schön dich zu sehen. Und danke für die Einladung!"

Die Ankommenden schüttelten ihm die Hand.

„Den Begrüßungssekt gibt's open air auf der Terrasse hinter dem Haus, geht einfach durch!"

Eine kleine Freifläche mit mehreren Tischen befand sich hinter dem Gebäude. Dort begrüßte sie das Pächterpaar und bot ihnen Getränke zur Begrüßung an.

Andreas hatte diesen Ort als Landmarke schon oft bewundert, die das bevorstehende Anlegen in der Hauptstadt verhieß. Er hatte gelesen, dass jemand im Gebäude des alten Leuchtfeuers ein kleines Restaurant eröffnet hatte, in dem ausschließlich angemeldete Gesellschaften bewirtet werden. Direkt an der Fahrrinne und nur einen Steinwurf entfernt fuhren die riesigen Fähr- und Kreuzfahrtschiffe vorbei.

„Ich freue mich, dass so viele von euch gekommen sind und hoffe, ihr hattet eine angenehme Anreise und seid gut untergebracht."

In manchen Gesichtern machte sich ein breites Grinsen breit.

„Als Geographen auf Exkursion sind wir von damals anderes gewohnt", rief Thorsten Jentsch.

„Auch wir werden älter und da hat man einen gewissen Standard verdient", sagte Friederike Hombach.

„Noch besser als auf Lehrerfortbildungen, nicht wahr Constanze?", bemerkte Andreas."

„Na dann, zum Wohl! Auf uns, auf die Geographie und unsere Alma Mater in Kiel!", rief Björn allen zu.

„Wir befinden uns hier an einem historischen Ort. Seit 1874 weist *Dyna Fyr* den Schiffen den Weg, früher mit Leuchtturmwärter, seit 1956 geschieht die Steuerung automatisch. Feuerhöhe 5. Seit 1992 gibt es das Restaurant. Nach dem Umtrunk gehen wir ins Haus."

Die Gäste widmeten sich ihren Getränken und sogen die Atmosphäre dieses magischen Ortes auf. Ein Kreuzfahrtschiff hatte an Akershus abgelegt und würde in Kürze an der kleinen Gesellschaft vorbeifahren.

Nach dem Begrüßen und Wiedererkennen entspann sich der erste Smalltalk vor allem über die beruflichen Werdegänge, vereinzelt auch über Privates. Die meisten Gäste hielten jedoch vorwiegend Ausschau auf den Fjord und den Schiffsverkehr. Als das Kreuzfahrtschiff den Holm passierte, winkten einige Passagiere vom Schiff herunter. Friederike Hombach, die für eine Kreuzfahrtreederei arbeitete, musste in diesem Moment einige Fragen beantworten.

„Die Kreuzfahrtbranche ist ja momentan heftig in der Diskussion, Friederike. Bist du in der Reederei auch mit dem Thema Umweltschutz betraut?"

„Das sind wir alle. Meine Hauptaufgabe ist es, neue Konzepte für einen umweltschonenden Tourismus zu entwickeln. So erarbeiten wir gerade mit Nachdruck daran, neue Angebote für Skandinavien und die Arktis anzubieten, die die Interessen der Umwelt und vor allem die der Menschen zum Beispiel in den norwegischen Fjorden zu berücksichtigen."

Andreas und den anderen fiel ein jüngerer Mann auf, der ständig am Fotografieren war.

Als er die fragenden Blicke der Kollegen bemerkte, stellte Björn den Fremden vor.

„Darf ich euch vorstellen: Das ist Terje Brænne, ein Freund von mir. Terje ist Fotograf und als freier Journalist für das Feuilleton einiger namhafter Zeitungen unterwegs. Er wird heute über unser Geographentreffen schreiben. Ich gehe davon aus, dass ihr nichts dagegen habt."

Zustimmendes Nicken, kein Widerspruch.

„Also, wenn es euch recht ist, lasst uns dann reingehen! Es ist doch recht frisch im Fjord."

Der Vorschlag fand breite Zustimmung. Lediglich Katharina Hombach, Projektleiterin bei „Brot für die Welt", sowie Gerhard Weinmann, der bei Greenpeace arbeitete, waren noch in eine lebhafte Diskussion vertieft.

Die Runde betrat das Innere des Hauses, das einen gemütlichen Raum mit einer festlich gedeckten Tafel bereithielt. Terje fotografierte eifrig. Als Dieter das sah, stellte er fest: „Jetzt wird unsere Kieler Geographenrunde sogar noch in Norwegen bekannt."

„Wer einlädt und bezahlt, entscheidet über die Gäste", bemerkte Andreas süffisant halblaut zu Dieter, der neben ihm Platz genommen hatte.

„Björn hat's offensichtlich geschafft. So eine Einladung kann ich mir nicht leisten."

„Ich hatte lange gezweifelt, ob ich zusagen sollte."

„Ging mir genauso! Mir war zunächst gar nicht wohl dabei. Björn verkehrt finanziell in einer anderen Liga."

„An den materiellen Erfolg hatte ich übrigens damals überhaupt nicht gedacht, als ich mich für das Geographiestudium entschied."

„Ich auch nicht. Es herrschte eine richtige Aufbruchstimmung, als wir voller Idealismus das erste Semester begannen. Ich denke, die meisten von uns dachten, wir könnten damit die Welt ein Stück verbessern."

„Das denke ich auch heute noch."

„Wahrscheinlich sind wir beide deshalb auch Lehrer geworden. Wir wollten etwas weitergeben. Wir können heute Abend einmal darüber ins Gespräch kommen, inwieweit uns das gelungen ist", schlug Dieter vor.

Die freundliche junge Dame, die sie bei der Ankunft begrüßt hatte, begann mit einer Kollegin damit, die Getränkewünsche zu erfragen. Auf der ausgedruckten Menükarte hatte sich Andreas bereits an der Weinempfehlung orientiert und bestellte eine Flasche des trockenen deutschen Rieslings.

Als alle Eingeladenen Platz genommen hatten und ihre Gläser gefüllt waren, erhob sich Björn Thomsen von seinem Stuhl und Andreas fiel jetzt erst auf, dass der Gastgeber am legersten von allen gekleidet war: Jeans, hellblaues Hemd und darüber ein Norweger-Pullover. Alles überhaupt nicht passend zu einem leitenden Manager eines großen Konzerns. Andreas fühlte sich deutlich overdressed in seinem nagelneuen Ferner-Jacobsen-Outfit. Überhaupt empfand er Björn als sehr zugänglich und locker und keineswegs, seiner Stellung entsprechend, als eitel oder gar hochnäsig. Als er Björn später einmal darauf ansprach, erklärte er es ihm mit der norwegischen Art, miteinander umzugehen. Schließlich lebe er seit nunmehr dreißig Jahren hier.

Björn Thomsen richtete noch einmal offiziell das Wort an seine Kommilitonenschar: „Ist euch eigentlich bewusst, warum ihr gerade an diesem Ort seid? Ihr erinnert euch doch noch an unseren Professor Oldenswort, als er uns zum Examen folgendes mit auf den Weg gab: ‚Sie sind

Leuchttürme der Geographie! Achten Sie auf unser Fach, stellen Sie Ihr berufliches Wirken in den Dienst der Menschheit!' Ich möchte euch vorschlagen, dass wir heute Abend einen Preis vergeben: Wer von uns hat sich im Sinne unseres verehrten Professors am meisten für die Geographie verdient gemacht? Terje wird nach dem Essen Stimmzettel vergeben und das Votum ermitteln. Also, im Gedenken an unseren verehrten Professor Oldenswort!" Damit erhob er sein Glas und prostete den anderen zu. Ein vielstimmiges *Skål* machte die Runde.

Wer nach Björns Sätzen in die Gesichter der Runde geblickt hätte, hätte eine signifikante Veränderung in deren Mimik feststellen können, zwar nicht in der Art, wie sie sich ergeben kann, nachdem jemand einen schlechten Witz erzählt oder ein negativ besetztes Thema angesprochen hat. Es hatte auch nicht den Anschein, als wäre von einem Moment auf den anderen die Stimmung gekippt. Vielmehr brach sich unter den versammelten Geographen eine Wissenschaftlern durchaus nachgesagte Ernsthaftigkeit Bahn, die den eingestreuten Bemerkungen eine geänderte Klangfärbung verlieh.

Die Bedienung hatte Björns Sätze noch abgewartet, bevor sie die Vorspeisen servierte. Fischcremesuppe mit Muscheln. „Björn scheint immer noch der Alte zu sein: Ständig neue Ideen, immer in action und bestrebt, als maître de plaisir zu fungieren. Hauptsache, er steht irgendwie im Mittelpunkt."

„Dabei hatte ich mich gefreut, das Treffen sowie Essen und Trinken zu genießen."

„Ich mag diese aufgesetzten Spielchen nicht. Wir sind doch nicht auf Klassenfahrt!"

„Ach kommt, Björn hat uns eingeladen, also tun wir ihm den Gefallen! Jetzt will *ich* unbedingt den Preis."

„Wir können ja hier in unserer Ecke mal 'ne schnelle Runde machen: Der Hauptgrund, weshalb *ich* den Preis kriegen sollte."

Nach einiger Zeit kam wieder jene Munterkeit auf, wie sie bei Ehemaligentreffen in der Regel zu erwarten ist. Lediglich bei Dieter Gaertner registrierte Andreas eine leicht verfinsterte Miene, als er zu ihm hinüberblickte. Er beschloss, Dieter bei nächster Gelegenheit darauf anzusprechen.

Jetzt aber freute er sich aber auf den Hauptgang, Wildheilbutt in Muschelsauce mit Lachsrogen und diversen Kohlsorten. Das Essen war fantastisch und Andreas dachte darüber nach, wie viele Male er an diesem kleinen Gebäude mitten im Fjord vorbeigefahren war, ohne groß Notiz von ihm zu nehmen.

Björn erzählte seinen Tischnachbarn, wie es ihn nach Norwegen verschlagen hatte. Promoviert hatte er über Lagerstätten im Offshore-Bereich und so hatte er sich eines Tages bei dem norwegischen Ölkonzern beworben. Wie es heißt, hatte er eine steile Karriere hingelegt und war nach kurzer Zeit ins obere Management aufgestiegen. Ölförderung vor der norwegischen Küste hatte dem Land enormen Wohlstand beschert. Und im Grunde profitierten sie ja alle heute auch davon durch Björns Einladung.

„Und du machst in Software?", fragte Björn Thorsten Jentsch, der sich gerade Wein nachschenkte.

„Ja, vornehmlich für Anwendungen in der Geodäsie und Kartographie. Ich habe mich vor fünf Jahren selbstständig gemacht und beschäftige mittlerweile zehn Mitarbeiter."

„Schön, dass die Geographie auch Chancen für Geschäftsmodelle liefert. Und ihr steht in Diensten von Vater Staat, Andreas und Constanze?"

„Richtig", antwortete Andreas' Kollegin. „Wir sind „nur" Lehrer geworden. Aber wir sehen es als wichtige Aufgabe an, den Nachwuchs für unser Fach zu begeistern."

„Mit unterschiedlichem Erfolg, bei *der* heterogenen Schülerschaft!"

„Wolltest du nicht ebenfalls Lehrer werden, Matthias?"

Matthias Hennig erzählte, dass er nach dem zweiten Staatsexamen, als er sich im Bewerbungsverfahren befand, plötzlich ein Angebot der Landesanstalt für Ökologie, Bodenordnung und Forsten des Landes Nordrhein-Westfalen las und sofort zugriff.

„Ich dachte mir, dies hätte Zukunft und ökologische Themen waren immer mein Steckenpferd. Und ich bleibe so an der Forschung dran."

„Friederike hat's richtig gemacht: Sie beschäftigt sich mit Urlaub!"

„Natürlich schon, aber ihr macht euch keine Vorstellung davon, wie viel Schreibtischarbeit das ist."

„Und die Kreuzfahrtindustrie kriegt ja gewaltig Gegenwind im Moment. Ist der Umweltschutz auch ein Thema, Friederike?"

„Selbstverständlich. Ich bin mit meiner Abteilung damit befasst, neue Konzepte für den Kreuzfahrttourismus zu entwickeln. Und somit haben wir die Umweltproblematik stets vor Augen. Damit es Kreuzfahrten in Zukunft noch gibt. Allerdings andere."

In einer Gesprächspause konnte man nur die dezent genießenden Laute vernehmen.

„Dieses Restaurant ist ein Leuchtturm der Gastlichkeit!", rief Jens in die Runde.

Alle lachten.

„Das Bonmot kann Dieter in sein nächstes Buch aufnehmen."

Dieter lächelte gequält.

„Also, ich denke, die besten Chancen auf den Preis hat Katharina. Die tut in ihrer Organisation offensichtlich viel Gutes für die Menschheit."

„Ich sorge dafür, dass die Menschen selbst etwas Gutes für sich tun können."

Katharina war Projektleiterin bei Brot für die Welt und organisierte Maßnahmen, die in der Dritten Welt Eigeninitiativen anstoßen sollten.

„Klare Favoritin! Aber sind Björn und Thorsten nicht ebenfalls „Leuchttürme", weil sie dafür sorgen, dass Wissenschaft und Wirtschaft keine Gegensätze sind?"

„Ich finde, dass unser Fach in der aktuellen Diskussion um Klima und Nachhaltigkeit einen wichtigen Beitrag zur Versachlichung beitragen kann. Nochmal: Favoriten sind für mich Katharina, Matthias und Jens." Für diese These bekam Andreas Zustimmung durch Klopfen auf den Tisch.

Die Bedienung servierte das Dessert in der Form von Schokoladentorte mit Mandeln, Stachelbeerkompott und Eiscreme.

„Ich glaube, ich muss mal an die frische Luft", sagte Dieter. Andreas erhob sich ebenfalls und Constanze Brucker schloss sich an. Von der Freifläche schauten die drei zur Insel *Nakkholmen* hinüber. Bewunderung fanden die kleinen Häuser am Fjord, die Constanze zu der Bemerkung veranlassten: „Also, ich glaube, wer dort wohnt, hat's geschafft. Mit unserem Lehrergehalt wird das wohl nichts." „Was soll ich denn sagen?", wandte Dieter ein. „Ich bin doch wohl der wirtschaftlich Erfolgloseste in unserer Runde. Und überhaupt: Muss so ein dämliches Spielchen sein? Können wir uns nicht einfach freuen, dass es uns noch gibt?"

„Du hast ja Recht, Dieter. Aber ich finde, du kannst stolz sein und bist doch als Schriftsteller zu beneiden: Du hast es geschafft, unsere Geographie mit einem Kulturauftrag zu verbinden. Und du machst anderen Menschen durch dein Wirken Freude. Was gibt es Schöneres?"

„Los, Leute, lasst uns diesen magischen Augenblick genießen! Constanze, komm, wir spielen Titanic!", rief Andreas, ergriff Constanzes Hand und führte sie zur Brüstung am Ende der kleinen Terrasse. Wie Leonardo di

Caprio stellte er sich hinter sie und hielt beider Arme in die Höhe.

„Und jetzt musst du rufen *Ich fliege, Jack!*"

Andreas' Kollegin spielte mit. *„Ich fliege, Jack!"* Sag mal Andreas, so kenne ich dich gar nicht."

„Dann war unser Treffen ja notwendig."

Für einen Moment überlegte Andreas, ob er seine Kollegin überhaupt loslassen sollte. Er erinnerte sich an die Exkursion nach Norwegen, als Constanze und er sich ein wenig nähergekommen waren. Aber das war vierzig Jahre her.

„Ich glaube, ich sollte eine Erzählung schreiben, die sich hier auf *Dyna Fyr* abspielt", sagte Dieter, der seine gute Laune wiedergefunden zu haben schien.

Allmählich wurde es dem Trio zu kalt und man ging wieder zu den anderen.

Drinnen drehten sich die Gespräche einmal um das vorzügliche Essen im *Dyna Fyr*, Björns feine Auswahl der Lokalität sowie um geographische Themen. Natürlich gab es den erwarteten Austausch der privaten und familiären Entwicklung seit dem letzten Treffen, das wenige Jahre nach dem Examen in Kiel stattgefunden hatte. Rege diskutiert wurde auch das Schicksal derjenigen, die der Einladung heute nicht gefolgt sind. Björn wusste zu berichten, dass zwei Ehemalige aus gesundheitlichen Gründen abgesagt hatten und ebenso viele überhaupt nicht aufzufinden gewesen waren.

Als Andreas seinen Blick über die Runde schweifen ließ, meinte er festzustellen, dass sich im Grunde jetzt zwei Grüppchen gebildet hatten. Die eine hatte sich um Björn geschart und erörterte offensichtlich wirtschaftspolitische Themen, während eine andere die gerade Hereinkommenden sofort mit lautem Hallo zu sich an den Tisch bat. Hier ging es, so hatte es zumindest den Anschein, bedeutend lockerer zu. Frotzelnd ereiferte man sich über den Zeremonienmeister Björn und „sein Spielchen", von dem die meisten nicht viel hielten.

„Lasst uns Björns ‚Leuchtturmspiel' einfach nicht so ernst nehmen und den Abend genießen!", schlug Friederike vor.

„Wie ist eigentlich der Rücktransport geregelt?", fragte Dieter, der immer noch nachdenklich wirkte.

„Soweit ich weiß, geht ein frühes Boot um 22 Uhr, das späte dann wahrscheinlich gegen Mitternacht", antwortete Thorsten.

„Ich nehme das frühe", legte sich Dieter fest.

Andreas und Constanze schlossen sich an.

„Aber bis dahin schädigen wir unseren Gastgeber noch ein wenig", sagte Andreas und orderte eine neue Flasche Wein.

Die Gläser wurden nachgefüllt, die Gruppe prostete sich zu.

„Wir sind ja alle beruflich viel unterwegs. Welche Bedeutung hat das Reisen noch für euch?", brachte Gerhard Weinmann ein neues Thema auf.

„Enorm wichtig. Das ist mein Lebenselixir und wird es bleiben!", sagte Andreas.

„Absolut!", pflichtete ihm Thorsten Jentsch bei. „Von der Reise heute nach Oslo und auf diesen *Holm* werde ich jedenfalls noch eine Weile zehren."

„Während unseres Studiums waren alle Exkursionen geographische Sternstunden. Den „Leuchtturmpreis" hätte demnach Professor Oldenswort verdient!"

Andreas setzte sein Glas an und realisierte, dass der Alkohol langsam seine Wirkung entfaltete. Er genoss das Zusammensein mit seinen Kollegen, war aber froh, dass er die

Möglichkeit hatte, bereits mit dem frühen Boot zurückzufahren.

„Den Preis sollte Björn selber bekommen. Er versucht, Landschaft in Wert zu setzen. Außerdem schafft er Arbeitsplätze und Wohlstand."

„Aber irgendwie steht er doch außen vor als Initiator", meinte Matthias.

„Ich sehe das Ganze aus politischer Perspektive kritisch. Mir gehen die ganzen neoliberalen Argumente so was auf die Nerven!", warf Katharina ein.

„Tja, unsere Kathi, noch immer ziemlich links wie damals in der Studentenbewegung!", sagte Thorsten augenzwinkernd.

Die letzten Sätze waren lauter geäußert worden, sodass die Gruppe um Björn hellhörig wurde.

„Bloß keine politischen Diskussionen hier an diesem schönen Ort!" rief Jens.

Irgendwie war die anfängliche lockere Stimmung dahin. Mittlerweile waren die beiden Grüppchen auch optisch weiter auseinandergerückt. Björn versuchte die Gastgeberrolle zu nutzen und gab bekannt: „Bestellt euch doch bitte noch etwas zu trinken! Terje wird jetzt die vorbereiteten Stimmzettel verteilen. Bitte kreuzt maximal drei Namen der Personen an, die den Preis verdient hätten!"

Andreas fragte seine Mitstreiter, ob er noch eine Flasche ordern solle. Constanze schlug vor, lieber wolle sie nachher noch einen Absacker im

Hotel nehmen. Katharina und Dieter stimmten dem zu. Ein jeder widmete sich nunmehr dem Ausfüllen der Zettel, nicht ohne dabei noch weitere süffisante Bemerkungen hinsichtlich der potentiellen Preisträger zu machen.

„Die erste Möglichkeit, zurück nach Oslo zu kommen, habt ihr mit dem Boot, das in fünf Minuten anlegen müsste", rief Björn in die Runde. „Selbstverständlich werde ich euch allen das Ergebnis unverzüglich mitteilen und euch den Preis gegebenenfalls zusenden lassen."

Diese Worte waren das Zeichen für Andreas' Gruppe, auszutrinken und sich vom Tisch zu erheben. Man verabschiedete sich von den Übrigen und Björn nahm vielfältige Dankesworte entgegen.

„Für Leute in unserem Alter wird es jetzt Zeit, auszuruhen. Der Tag war lang. Viel Spaß noch und bleibt gesund!", sagte Constanze.

Björn brachte die Aufbrechenden noch zum Anleger und war beim Einsteigen behilflich. Der Bootsführer holte die Leinen ein und das Wasserfahrzeug entfernte sich zügig vom *Holm*. Die Lichter der Hauptstadt empfingen die Geographen mit einer besonderen Szenerie. Als sie *Honnørbryggen* näherkamen, bemerkten sie das muntere Treiben in den Lokalitäten von *Aker Brygge* an diesem kühlen, aber schönen Sommerabend. Das imposante Rathaus schien als Trutzburg über die Stadt am Fjord zu wachen.

Als die kleine Gesellschaft das Grand Hotel erreichte, hielt sie, ohne zu zögern, auf die Bar zu, an der zu dieser Zeit noch richtig Betrieb herrschte. An einem runden Tisch nahmen Andreas, Constanze, Dieter und Katharina, die sich spontan der frühen Gruppe noch angeschlossen hatte, Platz und griffen zu den ausliegenden Getränkekarten. Die meisten bestellten Hochprozentiges wie schottischen Single Malt oder französischen Cognac.

„Tut gut nach dem reichhaltigen Essen!", meinte Constanze den Griff zum Alkohol noch begründen zu müssen.

Katharina erhob ihr Glas: „Auf uns und den netten Abend!"

„*Skål*! Jedenfalls so lange, bis Björn dieses alberne Spielchen inszenierte."

„Genau. Das sollte das Zusammensein wohl ein wenig auflockern. Wir sind ja alle mittlerweile um die Sechzig. Für einen „Oscar für das Lebenswerk" fühle ich mich aber noch zu jung", stellte Andreas fest.

„Sehe ich genauso!", stimmten ihm die anderen zu.

„Tretet ihr morgen wieder die Heimreise an oder habt ihr noch etwas vor in Oslo?", fragte Dieter.

Es ergab sich, dass Dieter und Katharina mit der Fähre um 14 Uhr zurück nach Kiel wollten.

„Ich gönn mir noch einen Tag hier und nehme morgen Abend den letzten Flug nach Hamburg.

„Das habe ich auch vor", ergänzte Constanze.

Es wurde getrunken und gescherzt und man konnte den Eindruck gewinnen, dass dies trotz vorgerückter Stunde der vergnüglichste Teil des Abends war.

Kurz vor Mitternacht machte Andreas den Anfang. „Seid mir nicht böse, für mich wird's Zeit!"

„Ich denke auch, wir beenden das nette Kolloquium", sagte Constanze.

Man bezahlte und begab sich zum Aufzug. Während Dieter und Katharina in den unteren Stockwerken ausstiegen, fuhren Constanze und Andreas in die obere Etage, auf der deren beide Zimmer lagen. Constanze nestelte schwer beschwipst ihre Schlüsselkarte aus ihrer Handtasche und drehte sich zu Andreas um.

„Danke für den schönen Abend."

Beide mussten kichern.

„Morgen muss ich erst einmal fragen, ob ich morgen Abend auch einen Flug kriege", sagte Constanze kichernd.

Als sie Andreas erstaunt ansah, erklärte sie:

„Nachdem du gesagt hattest, dass du noch ein bisschen in Oslo bleibst, habe ich mich spontan beschlossen, dich zu fragen, ob ich dich ein wenig begleiten darf."

Statt einer Antwort umarmte Andreas seine Kollegin, diesmal deutlich fester als bei der Titanic-Szene vorhin, und küsste sie.

In diesem Moment meldete sich Andreas' Smartphone mit einem Nachrichtenton. Björn.

„Sieger im Wettbewerb punktgleich meine Wenigkeit und Dieter Gaertner."

Andreas teilte Constanze das Votum mit und musste lachen.

„Das freut mich für unseren geographischen Schriftsteller!"

„Mich auch. Gute Nacht und bis morgen beim Frühstück!"

„Gute Nacht! Ich freu' mich."

Andreas wankte beschwingt in Richtung seines Zimmers.

Der genossene Alkohol verhalf ihm zu einem tiefen Schlaf.

*

Beim Frühstück begrüßte Andreas Constanze mit einer Umarmung.

„Ich fürchte, ich habe seit der Jugoslawien-Exkursion nicht mehr so verknittert ausgesehen, oder?"

„Stimmt!", bestätigte Constanze.

„Und wie geht es dir heute Morgen nach dem Bilanzierung-von-Lebensentwürfen-Meeting?"

„Ach geht so. Das Treffen hier in der herrlichen Stadt war schön. Allerdings fühle ich mich noch zu jung für diese Art von Rückschau. Ich habe noch einiges vor mit meinem Leben", sagte Constanze nachdenklich.

Andreas blickte ihr tief in die Augen und Constanze hielt seinem Blick stand.

„Das sehe ich genauso, Constanze."

Dabei fasste er ihre Hand und sagte nach einer Weile:

„Und nun begrüße ich dich zu unserer persönlichen Kleinexkursion nach Oslo. Wie wäre es mit einem Besuch des Munch-Museums?"

„Sehr gerne. Das habe ich bisher nie geschafft."

Beim Auschecken traf Andreas Dieter an der Rezeption.

„Herzlichen Glückwunsch, du Leuchtturm der Geographie!"

„Danke! Ich habe auch die Nachricht von Björn erhalten. Ich weiß aber nicht, ob ich das verdient habe."

„Das hast du! Ich wünsche dir weiterhin gute Einfälle. Ich als Leser werde dir sicher sein."

Constanze und Andreas deponierten ihre Koffer und verließen das Grand Hotel in

Richtung U-Bahn-Station. Sie fuhren bis Toyen und schlenderten zum Museum. Es versprach ein schöner Sommertag zu werden.

Der Besuch des Munch-Museums war für beide ein Genuss. Als sie am berühmten Gemälde „Der Schrei" ankamen, meinte Constanze: „So erging es mir gestern Abend in dem Moment, als Björn mit seinem Spielchen daherkam."

Andreas lachte. „Das passt."

Am Nachmittag holten die beiden ihr Gepäck im Hotel ab und begaben sich zur *Nationaltheatret Stasjon*. Der *Flytoget* brachte sie zum Flughafen Gardermoen. Im Wartebereich holte Andreas für sich und seine Begleiterin Kaffee und Gebäck.

Pünktlich hob das Flugzeug von der Startbahn 19 in Richtung Oslofjord ab. Nach einer Weile schaute Constanze aus dem Fenster und sagte zu Andreas: „Guck mal, da unten ist *Dyna Fyr*!"

„Oh ja, gut zu erkennen. Dann sind wir ja auf Kurs", antwortete er und hielt Constanzes Hand ein wenig fester.

Endzeit

Eines Tages blieb der Stint weg. Klaas Andresen versuchte, diese Meldung zu verarbeiten, als er das kleine Fischerboot am Steg vor seinem Anwesen festmachte. Im Morgengrauen war er losgefahren und hatte nach den Reusen geschaut. Die Hoffnung auf einen zumindest halbwegs erträglichen Fang hatte er noch nicht aufgegeben. Täglich fuhr er seit seiner Kindheit hinaus auf die Elbe, um die saisonale Köstlichkeit für den eigenen Restaurantbetrieb, ,Die Scholle', zu fangen. In guten Zeiten hatte er Erträge von etwa 300 kg am Tag, sodass er noch andere Restaurants mit der Fischspezialität versorgen konnte. Damals war er seinem Vater zur Hand gegangen, von dem er später den Restaurantbetrieb übernommen hatte. Während der Stintsaison waren die Tische nahezu ständig ausgebucht. Klaas schaute optimistisch in die Zukunft, seine wirtschaftliche Zukunft und die seiner Familie schien auf Dauer gesichert.

Klaas brachte die Ausbeute der heutigen Fahrt in die Küche. Mit ernster Miene schaute er seine Frau an, die bereits ahnte, was jetzt folgen würde.

„Das ist alles. Tut mir leid!", sagte er.

„Noch weniger als gestern und fast kein Stint dabei!", konstatierte Helga.

„Da muss ich die Karte ein wenig umschreiben", sagte Hauke, der Sohn der Familie, der als ausgebildeter Koch dabei war, den Familienbetrieb zu übernehmen.

In der Stintsaison aus Fanggründen die Karte abändern, so etwas hatte es bisher in der *Scholle* nicht gegeben. Gewiss gab es für ein Fischrestaurant stets das Risiko, dass die

Fangmenge variierte. Aber der Stint, der früher als Arme-Leute-Essen galt, war in dessen Saison im Frühjahr die Haupteinnahmequelle des Betriebes. Eine Vielzahl von Gesellschaften und Gruppen buchten traditionell die *Scholle* für ein Stintmahl.

Mit dem Stint ging es in der letzten Zeit bergab. Die Fangquote reduzierte sich und die ersten Stintfischer mussten aufgeben.

Gründe für den Rückgang wurden vermutet in der Elbvertiefung und dadurch entstandenen Sauerstofflöchern, dem Kühlwasser, das Kraftwerken zugeführt wurde, sowie allgemein Entwicklungen, die dem Klimawandel zugeschrieben wurden.

Klaas Andresen beobachtete die Entwicklung mit großer Sorge, vor allem wegen der düsteren

Aussichten, was die Übernahme des Familienbetriebes durch Hauke betraf.

Klaas schleppte die Gefäße mit den Fischen in den Vorraum der Küche, wo sich Helga und Hauke sofort an die Bearbeitung machten.

Bevor Klaas den beiden half, ging er kurz ins Büro und trug den Ertrag des Fangtages am Computer in eine Liste ein.

„Schon wieder ein Rückgang, und kaum Stint", stellte er fest. Nach dem Mittagsgeschäft würde er sich mit Hauke zusammensetzen müssen, um über die Zukunft des Betriebes zu sprechen.

Klaas ging in der Küche vorbei, wo Hauke und die Beiköchin dabei waren, Essen für den Abend vorzubereiten.

„Können wir gleich mal miteinander reden, Hauke?"

„Klar, ich wollte nachher noch kurz mit dem Boot raus. Ich könnte noch Karpfen gebrauchen", antwortete Hauke Andresen.

„Ist gut, ich hole dich ab."

Klaas ging durch den Gastraum, rückte hier und da einen Stuhl zurück an seinen Platz und korrigierte vereinzelt das bereits aufgedeckte Besteck. Vor dreißig Jahren hatte er Restaurant und Wohnhaus von seinem Vater übernommen. Er blickte auf eine Zeit des kontinuierlich wachsenden Erfolges zurück. Notwendige Renovierungen sowie Investitionen in Küche und Technik vermochte er zu realisieren. Wie froh war er, als Hauke mit der Mitteilung nach Hause kam, er wolle eine Ausbildung als Koch beginnen. Für ihn war damit klar, dass der Familienbetrieb der nächsten Generation übergeben werden könnte. Gesprochen darüber hatten sie bisher nicht. Irgendwie scheuten beide davor zurück. Helga hatte immer wieder angemahnt, dass Klaas nicht umhinkomme, den ersten Schritt zu tun.

*

K laas Andresen hatte den Außenbordmotor angelassen. Hauke warf das Angelzeug auf den Boden und sprang hinein. Früh hatte er gelernt, die Speisefische der Elbe im Aussehen, in der Art des Fangens sowie der Verwendung in der Küche zu unterscheiden. Schon als Kind zeigte Hauke Geschick im Ausnehmen und Zerlegen des Fisches. In der Küche sorgte er dafür, dass er stets ein reichhaltiges Buffet vorzuhalten imstande war. Er liebte es, zusammen mit dem Vater auf die Elbe rauszufahren und für

Nachschub zu sorgen. Ihm gefiel die Ruhe als Ausgleich für die Hektik in der Küche, wenn das Boot über das Wasser glitt und sein Vater und er ihren Gedanken nachhängen konnten.

Ein Frachtschiff aus Tschechien fuhr an den beiden vorbei. Das Geräusch des allmählich leiser werdenden Motors ging über in das alleinige Tuckern des Außenborders. In das leise Plätschern des Wassers mischte sich das Gekreisch der Möwen und Kormorane.

Klaas und Hauke saßen sich im Boot gegenüber, schauten aber aneinander vorbei.

„Morgen kriegen wir ne steife Brise!", war die letzte Bemerkung, danach blieben die Männer stumm.

Die Reste der Bugwelle des Frachters plätscherten leise an das Boot und verursachte eine kaum spürbare Krängung. Ein Bussard kreiste über dem gegenüberliegenden Ufer und erkundete die Lage.

„Schade, das mit dem Stint", sagte nach einer gefühlten Ewigkeit Hauke.

Wieder verging eine quälend lange Zeit der Sprachlosigkeit. Der alte Andresen schaute nachdenklich ins Wasser.

„Nicht gut, bestimmt nicht!"

Hauke machte sich an seinem Angelzeug zu schaffen.

„Wo führt das noch hin?", fragte Klaas.

„Es sind keine guten Zeiten", ergänzte Hauke.

„Da müssen wir durch", bestätigte sein Vater.
„Aber es wird nicht besser."

Hauke steuerte das Boot in Richtung Ufer und sagte: „Ich guck mal, ob was beißt."

„Versuch dein Glück!", erwiderte Klaas, wobei er sich nicht sicher wahr, was er genau damit meinte.

Wieder vergingen anstrengende Minuten des Schweigens. An der Angel zappelte etwas. Hauke holte die Schnur ein.

„Ist nur ein Schnäpel", sagte er zu seinem Vater.

Statt eines Kommentares zum Fang rief er plötzlich: „Wir müssen uns etwas überlegen."

Hauke nickte.

„Im Westen zieht schon Regen auf", stellte Klaas fest. „Lass uns so langsam Schluss machen!"

Auch bei seiner letzten Äußerung bekam er einen leichten Schrecken. Hauke bemerkte das.

„Ich könnte in Hamburg arbeiten", sagte er, wobei er sich bewusst war, wie dieser Satz auf seinen Vater wirken musste.

Dieser blickte stumm Richtung stromabwärts.

„Es wird ohnehin bald dunkel", rief Hauke.

Tatsächlich verwandelte sich die Flusslandschaft drastisch: Der Wetterwechsel und die hereinbrechende Dämmerung generierten ein neuartiges Bild, in dem der Ufersaum mit der Deichlinie das Gefühl von Kontinuität und Geborgenheit vermittelte. Der Strom dagegen sandte Impulse einer gewissen Bedrohung aus. Hauke blickte elbabwärts und ließ die seit Jahren gewohnte Szenerie auf sich wirken. Er sah die bekannten roten und grünen Tonnen, die am gewohnten Platz den Schiffsverkehr in der Fahrrinne regelten. Schon oft hatte er sich vorgenommen, ihnen Namen zu geben, hatte jedoch dafür keine schlüssige Systematik finden können.

Klaas sagte mit Blick auf den immer dunkler werdenden Himmel: „Wird wohl so sein müssen, Junge."

Hauke fing noch einen Karpfen und sagte: „Schluss für heute!"

Hauke befand sich jetzt mitten in der Fahrrinne auf dem von der Betonnung vorgegebenen Weg. Stets hatte ihm dieses System der Markierung Halt und die Gewissheit gegeben, auf dem richtigen Weg zu sein. Feuerhöhe 3. Heute war alles anders. Seine berufliche Zukunft, damit die des Familienbetriebes, die Ungewissheit, ob die Natur weiterhin in der Lage sein würde, für einen auskömmlichen Fischfang zu sorgen.

Als die Dunkelheit die beiden Fischer mehr und mehr umgab, sah Hauke am Horizont den hellen Schein, den die Großstadt an den Abendhimmel warf. Lag etwa dort seine Zukunft? Stets hatte Hauke beteuert, auf keinen Fall sein bis dato geregeltes Leben auf dem Lande aufzugeben, obwohl angeblich in der Metropole Norddeutschlands Geld leichter zu verdienen wäre. Wenn er in Hamburg war, empfand er nach einiger Zeit die ihm entgegenkommenden Menschen als Bedrohung und war froh, nach wenigen Stunden wieder in Richtung der östlichen Elbmarsch aufbrechen zu können.

Hauke wendete das Boot und die beiden Männer hielten auf ihren Anlegesteg zu.

Vom Fenster aus sah Helga, wie Klaas und Hauke das Boot festmachten und auf das Haus zuhielten. Ihr war die eigenartige Mimik der beiden nicht entgangen.

„Habt ihr euch denn endlich ausgesprochen?", fragte sie ihren Mann.

„Irgendwie schon. Ich glaube, es ist alles gesagt."

Als Hauke am Abend in seinem Zimmer vom Obergeschoss die roten und grünen Tonnen in der Elbe sah, kamen sie ihm eigentümlich fremd vor. Zum ersten Mal hatten sie von ihrer wegweisenden Leuchtkraft eingebüßt.

Feuerhöhe 34

Frankfurt 2019

Hans hatte ein Gefühl, als verschlucke ihn die Fluggastbrücke, als ginge ein starker Sog von diesem Tunnel aus. Dem vermochte er sich nicht zu entziehen, nur wenige Meter trennten ihn noch von der Bordtür der Boeing 757. Es gab kein Zurück mehr. Aber ein Zurück wäre nicht das gewesen, was ihm jetzt noch wünschenswert oder sinnvoll vorgekommen wäre. Fast zwei Jahre hatte er diese Reise geplant, sich genauestens über alle Örtlichkeiten mithilfe von Literatur und Internet informiert, sodass er sich jetzt sicher sein konnte, an alles gedacht zu haben.

Für Hans Falkenberg, laut Geburtsurkunde Hans Baldur Falkenberg, 65 Jahre alt, Angestellter in der Buchhaltung eines mittelständischen Unternehmens im Siegerland, begann an dieser Stelle der, so seine Planung, zweiwöchige Urlaub auf Island. Den zweiten Vornamen hatte er seinem Großvater mütterlicherseits zu verdanken, den es als Baldur Kurbjuweit aus Ostpreußen ins Siegerland verschlagen hatte, wo er im Eisenerzbergbau tätig wurde. Baldur, der Name des nordischen Gottes des Lichts, wie man Hans sehr früh zu erläutern versuchte. Natürlich gefiel ihm sein zweiter Vorname nicht, er hasste ihn beinahe. In der Familie wurde er ausnahmslos mit ‚Hans' angesprochen, und falls in der Schule jemand von seinem kompletten Namen erfuhr, begann das übliche Hänseln, welches sich jedoch bald wieder verlor.

Hans begann nach seiner Mittleren Reife die Ausbildung und fand eine Anstellung in dem Betrieb, in dem er mittlerweile über dreißig

Jahre beschäftigt war. Die Arbeit gefiel Hans, er liebte dem Umgang mit Zahlen und war in der Firma als geradliniger Mitarbeiter geschätzt.

Mit Mitte zwanzig heiratete er Claudia, die als Erzieherin in einer Kindertagesstätte tätig war.

So hatte die Familie Falkenberg, zu der sich vor 18 Jahren der Nachwuchs in Gestalt eines Jungen mit Namen Jochen einstellte, ein ruhiges und auskömmliches Leben. Wäre da nicht eine Tendenz bei Hans zu beobachten gewesen, die man mit den Begriffen Ungeduld, Unruhe, vielleicht sogar mit Unzufriedenheit hätte beschreiben können. Im Freundes- und Bekanntenkreis behaupteten nicht wenige, Hans Falkenberg habe sich bereits ein Stück von seiner Familie entfernt. Er liebte Frau und Sohn, vermittelte aber den Eindruck, innerhalb seines geregelten Alltags etwas Bedeutsames zu vermissen. Dies äußerte sich seit mehreren Jahren darin, dass Hans stets alleine in Urlaub fuhr. „Ich möchte euch nicht mit meinen Vorlieben langweilen", hatte er immer wieder erklärt. Claudia hatte diese Entwicklung akzeptiert und ließ ihrem Mann seine Unternehmungen. Anfangs hatte sie die Gemeinsamkeit im Urlaub vermisst, aber nachdem auch Jochen ohnehin nicht mehr mit ihnen fuhr, nutzte sie die Ferienzeit mit ihrer Freundin für gemeinsame Kurzreisen.

Sie schwärmte weiterhin von den Familienurlauben an Nord- und Ostsee, wo Jochen das Strandleben genießen konnte und sie alle drei gemeinsame Fahrradtouren unternahmen.

Bis Hans ihr eines Tages eröffnete, dass er jetzt vermehrt seinen Hobbys nachgehen wolle.

Claudia hatte die Befürchtung, dass sich ihr Mann nunmehr in seinen Eisenbahnkeller zurückzuziehen gedachte.

„Typisch Midlifecrisis!", diagnostizierte ihre Freundin.

Aber es kam anders. Als Hans zum ersten Mal in Urlaub fuhr, kehrte er nach zwei Wochen zurück und verkündete zufrieden: „Wunderbar! Ich konnte meine Vorlieben verwirklichen und gewiss auch meinen Kindheitstraum ausleben!"

Als er Claudia und Jochen anschließend die Urlaubsfotos präsentierte, sahen diese eine stattliche Ansammlung von Leuchttürmen, vornehmlich an der Nordseeküste, dazu faszinierende Nachtaufnahmen sowie Bilder mit technischen Details wie Lampenraum und Fresnellinsen.

„Stell dir vor, auf manchen Leuchttürmen kann man übernachten. Mir wurde vieles gezeigt, einmal durfte ich auch die Fresnellinsen putzen", verkündete Hans stolz.

Als er kurz darauf in seinem Hobbykeller verschwand, stellte Claudia fest, wie glücklich ihr Mann war.

Hans reihte sich ein in die Gruppe der Passagiere, die dem Eingang in das Flugzeug zustrebten. Ein Flugbegleiter und seine Kollegin in ihren blauen Uniformen begrüßten die Ankommenden mit professionellem Lächeln. Hans verstaute sein Handgepäck in der Ablage und setzte sich auf seinen Platz am Fenster. Die Kabine füllte sich und eine Flugbegleiterin war beim Handgepäck und beim Anschnallen behilflich.

Hans freute sich auf einen entspannten Flug, der ihn in dreieinhalb Stunden nach Keflavik auf Island bringen würde. Bevor er sein Handy ausschaltete, bemerkte er die SMS von Claudia, in der sie ihm einen guten Flug wünschte.

Vor einem halben Jahr hatte er diesen Flug mit Icelandair gebucht. In Reykjavik würde er in ein kleineres Flugzeug umsteigen und mit Eagle Air nach *Vestmannaeyjar* südlich von Island weiterfliegen. Von dort würde er am nächsten Tag mit einem Helikopter zu seinem Ziel auf einer kleinen Felseninsel weiterfliegen.

Während er seine geplante Reise durchging, rollte die Boeing zur Startbahn. Hans sah die Gebäude des Rhein-Main-Flughafens an ihnen vorbeiziehen. Anschließend hob das Flugzeug in östlicher Richtung ab.

Nach dem Imbiss, der den Fluggästen serviert worden war, stellte Hans nach dem Blick aus dem Fenster fest, dass sie bereits die Deutsche Bucht erreicht haben mussten. Er entdeckte zahlreiche Schiffe, die in diesem Moment die vielbefahrene Wasserstraße befuhren. Gleichzeitig hoffte er, dass das schöne Wetter ihm weiterhin Bodensicht bescheren würde, wenn sie gleich die Inseln nördlich von Schottland überfliegen würden.

Leider verdichtete sich die Wolkendecke und Hans entschloss sich zu einem Schläfchen.

Siegen 1959

An einem trüben Wintertag ging Hans Falkenberg mit seinen Eltern durch die Siegener Innenstadt. Am Ende der Bahnhofstraße blieb der Junge plötzlich stehen, weil er etwas erblickt hatte, was er bisher noch nicht gesehen hatte. Der Kreuzungsverkehr wurde hier per Ampelanlage geregelt. An sich nichts Ungewöhnliches. Hier jedoch saß ein Polizist in einer Art Kanzel und konnte so den Autoverkehr überblicken. Die an den Einmündungen befindlichen Ampeln stellte er per Knopfdruck von Hand. Hans war angetan von der Aufgabe dieses Polizeibeamten. In seiner erhöhten Sitzposition schien er über den Verkehrsteilnehmern auf der Straße zu thronen. Ihm hatte man die Verantwortung übertragen, die einzelnen Lampen je nach Erfordernis aufleuchten und erlöschen zu lassen. Er hatte die Macht über die Lichter. Von dem Tag an wollte Hans Polizist werden, aber nur, wenn er dann die Ampeln von einer solchen Kanzel bedienen dürfte. Was hätte er in diesem Fall am Feierabend seiner Frau berichtet, wenn er den Beruf tatsächlich ergriffen hätte?

Hans war oft vom Dienst nach Hause gekommen und hatte sich ernsthaft gefragt, ob er das wirklich gewollt hatte in der Buchhaltung. Buchführung beinhaltet eben den Umgang mit dem System der Zahlen. Wäre eine Arbeit in der Signalführung auf Straße, Schiene und Meer nicht sinnstiftender für ihn gewesen? Signale vermittelten dem Bediener sofort eine Rückmeldung über Erfolg und Misserfolg. Eine große Verantwortung, aber was hätte erfüllender sein können?

Siegen 1960

Im Hause Falkenberg gingen geheimnisvolle Dinge vonstatten. Hans' Vater hielt sich verdächtig oft in einem Kellerraum auf, den er anschließend wieder sorgfältig verschloss. Hans war mittlerweile alt genug, um zu vermuten, dass irgendwelche geheimen weihnachtliche Vorbereitungen vonstattengingen. Aus dem Alter, dass er durch das Schlüsselloch der Sache auf die Spur kommen würde, war er raus. Also wartete er geduldig ab, bis am Heiligen Abend das Geheimnis gelüftet wurde. Mit Herzklopfen betrat er den Raum, den sein Vater aufgeschlossen und in eine spärliche Beleuchtung getaucht hatte. Das Licht der Stehlampe gab den Blick auf die Konturen dessen frei, was sich als Weihnachtsgeschenk

94

entpuppen sollte. Viel beeindruckter war Hans von der Vielzahl an kleinen und kleinsten Lämpchen, die ihm diese Welt nunmehr klar vor Augen führte: Hans hatte eine elektrische Eisenbahn bekommen, die er sich sehnlichst gewünscht und die sein Vater während der Adventszeit aufgebaut hatte. Mit offenem Mund betrachtete der Junge die kleinen Lampen, die den eingestellten Weg der Weichen anzeigten, ganz besonders jedoch die Signale, die durch Rot und Grün über Halt oder Fahrt geboten. Die roten Schlussleuchten der Waggons, die roten Blinklichter der Bahnübergänge, alle standen für eine überlegte Ordnung. Deren Steuerung am Stellpult gaben Hans die Befehlsgewalt, mit der er über Bewegung und Halt, Gebot und Verbot der Fahrtrichtung entscheiden konnte. Hans wurde zum Signalgeber und Herrscher über diese kleine Welt der Modelleisenbahn, Gebieter von Rot und Grün, gleichzeitig Sicherheitsbeauftragter, was den Bewegungsablauf auf der Anlage betraf. Der Zauber von Lichtpunkten, hier noch im Miniaturformat, ließ Hans Falkenberg von jetzt an nicht mehr los.

Siegen 1961

Hans entwickelte sich zum Elektriker des Hauses Falkenberg. Ständig befand er sich in Wartestellung und hielt Ausschau, ob irgendwelche Lampen auszuwechseln wären. Er installierte Beleuchtungen für Schränke und Schubladen, der Batterieverbrauch der Falkenbergs stieg beträchtlich.

In jedem Jahr gab es Konflikte in der Vorweihnachtszeit. Hans bestand darauf, die Beleuchtung für Adventskranz und Weihnachtsbaum selbst anbringen zu dürfen. Von seinem Taschengeld kaufte er Lämpchen, vornehmlich in Rot, Gelb und Grün, Kabel und Schalter. Schon kurz nach Mittag zog er die Vorhänge zu, damit er eine bessere Wirkung erzielen konnte. Einmal war seine Mutter außer sich, als sie ihren Weihnachtsbaum in einem Lichtspektakel aus den drei Farben aufblinken sah. Hans sagte nur, es wäre sicher schön, wenn er oben auf der Spitze einen sich drehenden Lichtstrahl wie bei einem Leuchtturm anbringen könnte.

Ledburn 1963

Im Verlaufe eines Lebens gibt es einzelne Erlebnisse, Erinnerungen an Orte oder Menschen, die einem im Gedächtnis bleiben. Mitunter sind diese prägend und beeinflussen unser Denken, die Gefühle und die Verhaltensweisen dauerhaft.

Im Falle von Hans Falkenberg repräsentierten zwei Namen ein Ereignis, das sich ihm als Kind in sein Gedächtnis eingebrannt hatte: Ledburn und Roger Cordrey. Beide sind das Erinnern eigentlich nicht wert, wohl aber für den von Lichttechnik beeinflussten Hans, der seit seinem Eisenbahnerlebnis sein Hobby gefunden zu haben schien. Ledburn ist ein Dörfchen, ein Weiler in Mittelengland in der Grafschaft Buckinghamshire. Im Angelsächsischen bedeutet Ledburn *„Strom mit einer Leitung"*.

Daran dürfte Roger Cordrey wohl kaum gedacht haben, als er sich in der Nacht zum 8. August 1963 zur Eisenbahnlinie, der *West Coast Main Line*, aufmachte und die Signalbrücke *„Sears Crossing"* bestieg. Cordrey war einer der Männer, die in dieser Nacht den größten Eisenbahnraub der Geschichte verübten. Seine Aufgabe war, den Postzug von Glasgow nach London zum Halten zu bringen, indem er das Signal von Grün auf Rot stellen sollte. Der Elektriker Cordrey, der sich bestens mit der Signaltechnik der Bahn auskannte, stülpte einen großen Fausthandschuh über die grüne Lampe und schloss eine rote an eine mitgebrachte Batterie an. So vermied er, dass er bei einem Ausbau der Signalleuchte oder durch das Kappen eines Kabels sofort einen Alarm im nächsten Bahnhof Cheddington ausgelöst hätte.

Der Lokführer sah das Rotlicht und stoppte den Zug. Die am Bahndamm wartenden Räuber bemächtigten sich des Zuges und machten reiche Beute.

Diese Geschichte hörte Hans damals immer wieder im Radio; wenige Jahre später sah er den Dreiteiler *„Die Gentlemen bitten zur Kasse"* im Fernsehen. Spätestens von da an war er einer der Posträuber, schlüpfte in die Rollen der Anführer, spielte mit seinen Freunden Szenen des Films auf der Modelleisenbahn nach.

Am meisten jedoch bewunderte er Roger Cordrey, einen der berüchtigten Fulham-Boys, der seiner Aufgabe mit kühlem Sachverstand und einfachsten Mitteln nachkam. Gewiss, Cordrey war ein Verbrecher, der später seine gerechte Bestrafung erfuhr. Er war aber für Hans ein Genie, der die komplizierte

Sicherheitstechnik aushebelte und zu einem der berühmtesten Signalsteller der Eisenbahngeschichte wurde. Handschuh drüber, Lampe an die Batterie, Rot und Halt! Hans, das Kind mit dem Faible für alles, was mit Signalen und Lichtern zu tun hatte, war begeistert. Roger Cordrey handelte mit Verstand, indem er eine Störung vermied. Irgendwie hatte der Verbrecher es nach Hans' Meinung verdient, in die Steuerungsabläufe der Bahn einzugreifen. Von Norden kommend sah der Lokführer den manipulierten Status Quo und wurde zum Handeln gezwungen. Cordrey als fachkundige Person funktionierte, handelte effizient. Er war sein Geld wert, denn ohne sein Tun hätte es keine Beute gegeben.

Borkum 1990

Für ihren Herbsturlaub hatte Familie Falkenberg die Insel Borkum ausgewählt. Überhaupt zählte die Nordseeküste zu ihren bevorzugten Reisezielen. Ausgedehnte Spaziergänge sowie Spielen im Sand mit Jochen war das, was den dreien so vorschwebte, wenn es um einen erholsamen Familienurlaub ging. Jochen war knapp zwei Jahre alt und löcherte seine Eltern mit seinen ersten Fragen zu allem, was ihm interessant erschien. Besonders angetan war er von dem großen Leuchtturm der Insel, der mitten im Ort stand und den die Falkenbergs natürlich bestiegen. Motto des Urlaubs wurde Jochens Wortschöpfung für das Bauwerk aus dem Jahre 1879, das mit einer Feuerhöhe von 63 Metern den Schiffen in Nordsee und Emsmündung Orientierung gab:

,*Eutschbumm*!' Fasziniert nahm der kleine Jochen die Leuchtkraft der impulsgebenden Lampe am Abend war, jenes wiederkehrende Blinkfeuer, das den Inselbewohnern und Urlaubern stets das Gefühl gab, die Insel stelle so etwas wie eine Trutzburg im Meer dar. Hans hatte seine helle Freude am Interesse seines Sohnes. Ein imposantes Bauwerk auf einer ostfriesischen Insel. Aus einem speziellen Blickwinkel zwiespältig zu bewerten: Der Leuchtturm weist den Schiffen den Weg, gibt ihnen die für ihre Sicherheit notwendige Orientierung. In einer Zeit, in der viele Inselbewohner vom Strandgut havarierter Schiffe lebten, wurden Kapitäne durch Strandfeuer des Öfteren in die Irre geführt.

Unterelbe 2015

Zu seiner Pensionierung schenkte Hans Falkenberg sich und seiner Frau eine Kreuzfahrt. 10 Tage waren sie in den Fjorden Norwegens unterwegs gewesen. Jetzt fuhren sie auf der Unterelbe zurück nach Hamburg. Während seine Frau ihren Lieblingsplatz in einem Strandkorb auf Deck 11 eingenommen hatte, stand Hans ein paar Decks tiefer am Bug des Schiffes und blickte voraus. Wie oft hatte er hier zugebracht und die Fahrt entlang der verschiedenen Seezeichen genauestens verfolgt. In die genaue Positionierung der Steuer- und Backbordtonnen hatte sich Hans eingelesen, sodass er jetzt quasi als fachkundiger Passagier das zugrundeliegende System nachvollziehen konnte. Hier auf der Elbe bildeten die grünen und roten Tonnen ein exaktes, Orientierung gebendes Spalier. Die Helligkeit des Tages hatte sich noch nicht vollständig eingestellt, sodass Hans den in den Farben Rot und Grün gesäumten Wasserweg von einer höheren Warte in Augenschein nehmen konnte. Wie viele fleißige Hände sorgten wohl dafür, dass die Tonnen regelmäßig ausgewechselt, punktgenau gesetzt und gewartet wurden. Hans beschloss, sich ein paar Bücher zu bestellen, um seine noch lückenhaften Kenntnisse in Sachen Betonnung und Signalgebung aufzubessern.

Südlich von Shetland 2019

Hans Falkenberg erwachte aufgrund einer Bewegung neben ihm aus seinem Schlaf. Sein Sitznachbar hatte sich einen Whisky bestellt, den ihm die Stewardess in diesem Augenblick servierte.

„Habe ich Sie geweckt? Das tut mir leid", sagte der Passagier. „Immer, wenn ich diese Gegend überfliege, trinke ich einen schottischen Whisky."

Mit der Gegend meinte er die Shetland-Inseln, die Hans jetzt aus dem Fenster durch die Wolkenlücken ebenfalls erkennen konnte.

„Und links, das müssten die Orkneys sein, nicht wahr?", fragte er seinen Nachbarn.

„Genau, ist das nicht ein schöner Ort für mein Ritual? Sie müssen wissen, ich fliege diese Strecke jede Woche."

Bevor Hans etwas erwidern konnte, fragte der Mann, der etwa im gleichen Alter sein durfte wie Hans: „Möchten Sie sich nicht auch einen Single Malt bestellen? Der ist richtig gut hier an Bord."

Die Stewardess brachte ihm ein Glas und der Nachbar erhob sein Glas: „Gestur Armasson. *Skål!*"

„Hans Falkenberg. *Skål!*"

„Fliegen Sie geschäftlich nach Island, Hans?", fragte Gestur.

„Nein, ich mache Ferien."

„Was haben Sie geplant, wenn ich fragen darf?"

„Ich möchte mir Leuchttürme ansehen und fotografieren. Leuchttürme faszinieren mich."

„Sie werden auf Ihre Kosten kommen. Wir haben hervorragende Exemplare an noch hervorragenderen Orten."

Die beiden unterhielten sich für den Rest des Fluges angeregt über ihre Berufe und Hobbys. Hans erzählte, wie sich seine Vorliebe für Signaleinrichtungen, Seezeichen, Leuchttürme, Ampelanlagen oder Ähnliches entwickelt hatte und welche interessanten Urlaubsreisen ihn auf diverse Leuchttürme geführt hatten.

„Im vergangenen Jahr habe ich in einem Leuchtturm in Südnorwegen übernachtet. Ich durfte sogar in den Lampenraum. Stellen Sie sich vor, ich konnte einen Tag lang die Fresnellinsen putzen. Das war ein erhebendes Gefühl, durch mein Tun dafür zu sorgen, dass das Lichtsignal überall dort ankam, wo es benötigt wurde. Ich habe für die Sicherheit auf dem Meer gesorgt. Schade, dass alle Leuchttürme automatisiert oder ferngesteuert funktionieren. Leuchtturmwärter gibt es nicht mehr. Das hätte mein Beruf werden können! Auf dem Leuchtturm *Sumburgh Head* auf Shetland wurde ich zudem noch zum Tierfotografen. Ich konnte Papageitaucher, Trottellummen und Basstölpel sehen und unzählige Fotos machen. Aber das Faszinierendste war, zusammen mit einem Mitarbeiter des *Northern Lighthouse Board* beim Warten der Technik zuzusehen.

Bei Besuchen auf norwegischen Leuchttürmen wie *Kvanhoven, Fulehuk* und *Kråkenes Fyr* bekam ich weitere prägende Eindrücke vermittelt, auch über das Leben der Wärter in früheren Zeiten.

Keflavik 2019

„D a ist die Küstenlinie!", rief Gestur plötzlich. Hans schaute aus dem Fenster und erblickte das schroffe Landschaftsbild aus Küsten, Ebenen und Vulkankegeln. Vereinzelt stürzten Wasserfälle zu Tal oder ergossen sich ins Meer. Das war also das Land seiner momentanen Sehnsüchte, die Insel aus Feuer und Eis am nördlichen Rande Europas. Dampf aus Rohren zeugten von der im Untergrund vorhandenen ungeheuren Energie, die in zahlreichen Betrieben der Geothermie genutzt wurde.

Das Flugzeug befand sich mittlerweile im Sinkflug, als Gestur seinem Sitznachbarn eine gute Weiterreise und einen erlebnisreichen Urlaub wünschte. Hans bedankte sich für die nette Unterhaltung und wünschte Gestur eine gute Zeit.

Die Boeing drehte im finalen Anflug nach rechts auf die Landebahn 01 ein und setzte kurze Zeit später auf.

Hans Falkenberg nahm seine Reisetasche vom Band und erreichte die Ankunftshalle des internationalen Flughafens von Island. Er tauchte ein in den Pulk von Reisenden und Abholern, die mit einem vielsprachigen Stimmengewirr den akustischen Hintergrund bildeten. Darunter nahm er viele Worte in der Landessprache wahr, von denen er jedoch nur die wenigsten einem deutschen Begriff zuzuordnen vermochte. Anhand der Hinweisschilder fand er den Weg zum Taxistand. Er bestieg den ersten der wartenden Wagen und nannte dem Fahrer das Ziel:

Regionalflughafen in *Vatnsmýri* nahe dem Zentrum der Hauptstadt. In einer Mischung aus Englisch und Deutsch begann der Fahrer eine kleine Konversation. „Wohin fliegst du?", fragte er. Im Gegensatz zu seinen gewohnten Umgangsformen störte es Hans in diesem Moment nicht, dass der Fahrer ihn duzte. Von seinen Reisen nach Norwegen kannte und schätzte er die unkomplizierte Art der Anrede.

„*Vestmannaeyjar, Heimaey!*", antwortete er.

„Wonderful Insel!", sagte der Fahrer begeistert. „You must watch the puffins!"

Wenn sich ihm die Gelegenheit böte, würde er natürlich zusehen, dass er die Papageientaucher beobachten und fotografieren könnte.

Hans bedankte sich inklusive eines üppigen Trinkgeldes für die kurzweilige Fahrt und strebte dem Abfertigungsgebäude zu.

Der *Reykjavikuvöllur*, wie der Flughafen offiziell heißt, bildete das Gegenbeispiel zu Keflavik. Hier ging es nahezu beschaulich zu und Hans fand schnell den Abfertigungsschalter der Eagle-Air.

Nun würde es nicht mehr lange dauern, und er könnte sich in *Vestmannaeyjar* um die letzte Etappe seiner Reise kümmern.

Heimaey 2019

Als er die *Jetstream 32* bestieg, legten auch seine Mitreisenden ein optisches Zeugnis von dem ab, was ihre vorrangige Tätigkeit auf den kleinen Inseln südlich von Island sein würde: Alle waren leger und sportlich gekleidet, einige in Wanderkleidung, bevorzugtes Gepäckstück war der Rucksack.

Beim Anflug auf den kleinen Flughafen konnte Hans sehen, wie knapp die Bewohner der Insel *Heimaey* im Jahre 1973 einer noch größeren Katastrophe entkommen waren. Der Lavastrom des *Eldfjell* war seinerzeit vor der Hafeneinfahrt zum Stehen gekommen, bevor er diese für alle Zeiten verschlossen und *Heimaey* seiner Lebensgrundlage, der Fischerei, beraubt hätte.

Die *Jetstream 32* setzte auf der Landebahn 03 auf und rollte aus. Hans holte sein Handy aus der Jackentasche und wählte die Nummer, die er vor der Reise im Handy abgespeichert hatte. Es meldete sich ein Stefán Gunnarson von der Firma *Heli-Service*. Hans schilderte sein Anliegen und Gunnarson sagte ihm, er solle sich am nächsten Tag um 11:00 Uhr hier am Flughafen bereithalten.

Hans ging zu seinem für eine Übernachtung gebuchten Guesthouse und legte sich erst einmal aufs Bett. Kurze Zeit später war er eingeschlafen.

Þridarangar 2019

Am Morgen stand Hans Falkenberg früh auf und genoss das Frühstück, das er im Guesthouse serviert bekam. Auf dem Weg zum Flugplatz kaufte er in einem Supermarkt mehrere Sandwiches, Käse, Müsliriegel und einige Flaschen Mineralwasser ein. Er verstaute alles in seinem großen Wanderrucksack und machte sich auf den Weg. Am Flughafengebäude wartete bereits ein Bild von einem isländischen Urgestein, ein Mann gewiss über fünfzig, mit rotem Rauschebart und einer Pfeife im Mundwinkel.

„Sie sind der deutsche Fluggast?", fragte er. „Ich bin Stefán, der Pilot."

„Hans Falkenberg. Sie bringen mich nach *Þridarangar*?"

„Normalerweise bringe ich nur Leute vom Wartungsteam oder Vogelkundler auf den Felsen. Also sagen Sie es nicht weiter!"

Hans hatte von Deutschland aus all seine Überredungskünste aufbringen müssen, bis Gunnarson bereit war, den Flug zu übernehmen. Letztendlich hatte er ihm den doppelten Tarif geboten und bereits im Voraus bezahlt.

„Dann kommen Sie mal mit!"

Sie gingen zu einer Parkfläche seitlich des Gebäudes, wo ein roter Hubschrauber des Typs *Bell 206-Jetranger* stand. Dieser kam Hans ausgesprochen zierlich vor und er würde in Kürze realisieren, warum.

Hans verstaute den Rucksack, in dem sich neben den Vorräten noch ein polartauglicher Schlafsack, eine Thermomatte sowie zwei

Pullover und Wollmütze befanden, auf dem hinteren Sitz im Hubschrauber. Hätte jetzt mitten im Juni jemand Hans Falkenbergs Ausrüstung betrachtet, wäre er ins Grübeln gekommen. Wofür benötigte dieser deutsche Tourist eine derart professionelle Ausrüstung wie für eine Arktisexpedition?

„Dann wollen wir mal", murmelte Gunnarson und startete den Motor. Mit einem Ruck erhob sich die Bell 206 vom Boden und der Pilot flog, was man eine Platzrunde hätte nennen können, und steuerte anschließend einen südwestlichen Kurs. Die schroffe, vulkanische Küstenlinie verschwand. Auf dem offenen Meer fragte ihn Gunnarson, ob er schwindelfrei sei. Hans antwortete, dass Höhe bei ihm bislang keine nennenswerten Probleme verursacht habe. Stefán Gunnarson grinste.

„Warten wir es ab!"

Hans erkannte zahlreiche kleine und kleinste Inselchen. Gunnarson steuerte sein Fluggerät souverän an schroffen Felsen vorbei und zog noch einmal hoch, um dann einen Landepunkt auf dem *Háidrangur* ins Visier zu nehmen. Der entpuppte sich, wie Hans jetzt erkennen konnte, als winziges Quadrat, auf dem die Kufen des Helikopters, wenn überhaupt, nur knapp Platz finden würden. Stefán stabilisierte den Hubschrauber, der stark im Wind schaukelte, und nahm Maß für das Aufsetzen. Voraus sah Hans das Gebäude, das wahrscheinlich eine noch kleinere Grundfläche hatte als der Landeplatz, mit dem roten Leuchtturm. Feuerhöhe 34.

Der Pilot gebot ihm, vorsichtig auszusteigen und sich so lange wie möglich festzuhalten und auf keinen Fall nach unten zu schauen. Hans nahm sein Gepäck aus dem Helikopter und ging in übervorsichtigen Trippelschritten vom Landeplatz zum Gebäude. Eine Steinplatte, die die Breite einer Holzbohle hatte, verengte seinen Pfad dramatisch. Links und rechts der Platte konnte er das tosende Meer, welches etwa dreißig Meter unter ihm lag, sehen und auch hören. Er erreichte die Schwelle des Häuschens, dessen Tür natürlich verschlossen war. Sein Gepäck legte er neben dem Haus ab, wo er die Nacht zuzubringen gedachte. Vielleicht würde er es ja schaffen, auf die Empore des Hauses zu klettern, wo er im Schutze der umlaufenden Mauer wahrscheinlich windgeschützter liegen würde.

Stefán Gunnarson winkte ihm noch kurz zu, als er den Hubschrauber nach oben zog und davonflog. Am nächsten Morgen um 11:00 Uhr würde er Hans wieder abholen. Er hatte ihm noch alles Gute gewünscht und nachgefragt, ob er wirklich beim Leuchtturm übernachten wollte. Dann hatte er den Eindruck gewonnen, dass es dem Deutschen ernst damit war.

Hans erklomm die Empore und ließ den Ausblick auf sich wirken. Das Wetter war noch gut, trotz des Windes auch mild und Hans hatte das Gefühl, an diesem Ort zu sein sei schon immer sein Wunschtraum gewesen. Er räumte neben dem Haus ein wenig auf, damit sein Schlafplatz für heute Nacht nicht durch Steine in seinem Komfort beeinträchtigt werden würde.

An den Steilwänden der Felsnadeln sah er zahlreiche Seevögel ein- und ausfliegen. Papageitaucher waren wohl kaum darunter, da sie ihre Brutnester in Erdhöhlen anlegen. Die würde er eher auf *Heimaey* oder dem Festland finden. Seine ornithologischen Kenntnisse waren alles andere als gefestigt, er meinte aber, einige Trottellummen und Basstölpel erkannt zu haben.

Er schaute in den Lampenraum und bewunderte die spartanische Technik, die in Kürze dafür sorgen würde, dass das umliegende Meer und ein Stück weit auch er in das regelmäßig aufleuchtende Licht des Seezeichens getaucht werden würde.

Hans verspürte Hunger. Er holte ein Sandwich aus dem Rucksack und öffnete eine

Wasserflasche. Er lehnte sich an die Hauswand und genoss die Wärme der Sonne. Für einen Moment kam ihm der Gedanke, die Eingangstür aufzubrechen, um in das Innere des Leuchtturms zu gelangen. Wie gerne hätte er die Fresnelllinsen poliert und so für eine neue Brillanz des Leuchtfeuers gesorgt.

Hans blinzelte in die tiefer stehende Sonne, als er unverhofft Besuch erhielt. Eine Möwe hatte sich, vermutlich angelockt von seinem Sandwich, auf der Mauer der Empore niedergelassen und wartete offensichtlich auf einen Leckerbissen. Vorher hatte ein Basstölpel immer wieder den Gipfel des Felsens umflogen. Er versuchte wohl abzuschätzen, ob von dem Eindringling hoch oben auf dem *Háidrangur* eine Gefahr für sein Nest ausgehe. Wenn sich Hans über den Rand der Mauer lehnte und in die Tiefe hinunterhorchte, konnte er das vielstimmige Gekreisch der Seevögel vernehmen. In seiner Eremitensituation auf dem Leuchtturmfelsen registrierte er die Stimmen der Seevögel als beruhigendes Element.

Er richtete seinen Schlafplatz für die Nacht her, indem er die Thermomatte ausbreitete und den Schlafsack aufrollte. In einem Spezialgeschäft für Outdoorprodukte hatte er zweimal nachgefragt, ob er auch wirklich für extreme Kälte geeignet sei. Es war zwar Sommer, aber Hans hatte sich darauf eingestellt, dass das Wetter schnell umschlagen konnte und nachts Frosttemperaturen nicht ungewöhnlich waren.

Er blickte auf seine Armbanduhr und stellte fest, dass es bereits 21 Uhr war, der Leuchtturm war dem ferngesteuerten Impuls gefolgt und hatte längst seinen Dienst aufgenommen. Viel dunkler würde es nicht werden und so lief er einige Male zum Landeplatz und zurück zum Haus, um sich ein wenig in der Bewegung aufzuwärmen. Er fragte sich, ob wohl jemand zuvor die Spitze des *Háidrangur* zum Joggen benutzt hatte. Danach kroch er in seinen Schlafsack, blickte zum Himmel und nahm zufrieden den regelmäßigen Lichtstrahl des *Þridarangar*-Leuchtfeuers wahr. Gerne hätte er erfahren, wie viele Schiffsführer in diesem Moment dieses Leuchtfeuer erspäht, identifiziert und in ihre Navigation einbezogen hatten.

Wenn seine Kollegen in der ehemaligen Firma ihn so sehen würden, wie er vor der Küste Islands auf einem Leuchtturm im Schlafsack lag und den Himmel anstarrte, hätten, zumindest

126

diejenigen, die ihn gut kannten, gesagt: „Davon hat er immer geträumt, Hans ist am Ziel angekommen."

Nebel kam plötzlich auf. Ohne Vorboten, er war auf einmal da. Er hüllte die Felsen ein, sodass Hans die Meeresoberfläche nicht mehr sehen konnte. Er wusste nicht, wie er die Wetterveränderung deuten sollte. War es angenehm, weniger bedrohlich, dass er statt der mörderischen Tiefe nunmehr eine Art Boden unter sich hatte? Oder stellte allein der Gedanke, dass unter der Wolkendecke die verborgene Tiefe lauerte, eine viel größere Bedrohung dar?

Hans fühlte, dass sich seine Angst in keiner Weise reduziert hatte. So zwang er sich dazu, weiterhin nur nach oben zu schauen, die Metapher ‚Fels in der Brandung' immer wieder laut auszusprechen und den regelmäßigen Takt des Leuchtfeuers als beruhigendes Element wahrzunehmen. Er schmiegte sich an die Wand des Gebäudes, als wollte er den visualisierten Herzschlag in der Form des Leuchtfeuers zusätzlich noch spüren.

In mehreren Zeitschriftenartikeln hatte er gelesen, dass ein längerer Aufenthalt, dazu noch nachts, auf dieser Felsspitze durchaus die Gefahr einer schweren psychischen Krise in sich barg. Hans jedoch war, wie er sich immer wieder im Selbstgespräch versicherte, davon weit weg.

War Island nicht auch ein Land der Elfen? Würden sie ihm heute Nacht im Traum oder schemenhaft im Nebel erscheinen? Oder gar Baldur, der Gott des Lichts?

Die weiterhin zurückhaltende Dunkelheit wiegte Hans in einer gewissen Sicherheit, gleichwohl in einer trügerischen, so als ob die Landschaft unter der Wolkendecke etwas Wesentliches zu verbergen hätte.

Hans zog sein Smartphone aus der Tasche und stellte in der App eine Playlist mit der isländischen Sängerin *Arndís Halla* ein und gab seiner exponierten Position die, wie er fand, passende musikalische Untermalung.

Die Kälte breitete sich sogar im polartauglichen Schlafsack aus. Gegen Mitternacht aß Hans einen Müsliriegel und genehmigte sich einen Schluck aus seinem Flachmann. Der wärmende Effekt wollte sich jedoch im Gegensatz zum Whisky im Flugzeug nicht wirklich einstellen. Hans hielt für sich fest, dass er mit dem Aufzug des Nebels jegliche Kontrolle über seine Position in dieser Landschaft eingebüßt hatte. Wollte der Nebel ihn in eine Falle locken, ihn zu einem Moment des Leichtsinns verleiten? Leichtsinn war das, was an diesem Ort tödlich sein könnte.

Hans drehte sich auf die Seite und versuchte, in den Schlaf zu finden. Das Gekreisch der Basstölpel hatte sich nicht wesentlich beruhigt. Geblieben war, eher noch verstärkt, das Donnern der Brandung.

Hans erwachte, als die Sonne bereits hoch über dem Horizont stand und eine Möwe neugierig neben ihm auf der Mauer gelandet war, als wollte sie ihm signalisieren, es sei Zeit für ein Frühstück. Er wunderte sich, dass er doch ein paar Stunden lang in einen tiefen Schlaf gefallen war. Er streckte sich in seinem Schlafsack aus, um Muskeln und Gelenke zur Aufnahme ihrer Tätigkeit aufzufordern. Aus seinem Rucksack holte er die restlichen Sandwiches heraus und vermisste nur die heiße Tasse Kaffee. Bei der nächsten Exkursion an diesen Ort würde er auf jeden Fall eine Thermosflasche mitnehmen, nahm er sich vor.

Er stand auf und vollführte einige gymnastische Übungen. Der Nebel hielt sich immer noch und versperrte ihm die freie Sicht auf das Meer. Er betrachtete den Leuchtturm *Þridarangar*, „seinen" Leuchtturm. Hans wünschte sich jetzt eine Art Logbuch, in das er voller Zufriedenheit eintragen würde: „Während der ganzen Nacht habe ich, Hans Baldur Falkenberg aus Siegen, das korrekte Funktionieren des Leuchtturms *Þridarangar* überwacht und somit sichergestellt."

Er beschloss, den Morgen mit seiner Joggingrunde zu beginnen und rüstete sich zum Lauf in Richtung Landeplatz, auf dem Stefán Gunnarson in Kürze niedergehen würde. Mit einem Lächeln im Gesicht drehte Hans seine erste Runde. Plötzlich wurde die Stille dieses Ortes von einem durchdringenden Schrei zerrissen. Wenn Stefán in diesem Moment zur Landung auf *Háidrangur* angesetzt hätte, hätte er den vom Felsen stürzenden Körper noch wahrnehmen können, bevor dieser am Fuße der Felsnadel aufgeschlagen wäre.

Hans Baldur Falkenberg war auf der Steinplatte zwischen Haus und Landeplatz ausgerutscht. Der stundenlang wabernde Nebel hatte zusammen mit der in der Nacht unter den Gefrierpunkt gesunkenen Temperatur die Steine von *Háidrangur* mit einer Eisschicht überzogen.

132

Als der Schrei verklungen war und das Gekreisch der Seevögel wieder die Oberhand gewonnen hatte, kam aus der Ferne das Geräusch eines Hubschraubers.

Mehr als 2000 km entfernt fand in diesem Augenblick Claudia Falkenberg in Siegen auf Hans' Tablet die Playlist mit isländischer Musik, gesungen von *Arndís Halla*.

FSC
www.fsc.org
MIX
Papier | Fördert
gute Waldnutzung
FSC® C083411

Zeitfracht Medien GmbH
Ferdinand-Jühlke-Straße 7
99095 Erfurt, Deutschland
produktsicherheit@kolibri360.de